句集

ひなたぼこ

高井迪子
Michiko TAKAI

文學の森

序

迪子さんの俳句は、奈良高校時代の国文の先生で、俳句をリアルにかつ溌剌と教えてこられた堀内薫先生、のちの「七曜」主宰による御指導の影響が大きい。

「七曜」へ入会されたのは平成六年。すでに家庭人となっておられたが、薫先生のカルチャーに、のちに私のカルチャーにも夫君の茂さんを誘うなど熱心であった。薫先生も、優秀な迪子さんの「七曜」入会をどんなにかお喜びであったかと、あの円満な先生の笑顔が今も眼に浮かぶ。学友も時を同じうして入会されたから、ごく自然にのびのびした俳句環境に包まれての出発であったと思う。

もともと何事にも熱心に取り組む才覚の持ち主であったから、俳句においても「七曜」の眼目、「見る、よく視る、よく観る」の基本をしっかり把握されていた。そのため作品に伝達力があり、読者にとっては内容を共有できる楽しさが湧く。

旅好きの高井茂・迪子さん夫婦は時を経て平成二十三年、小林一茶忌全国俳句大会に出席のため長野県黒姫に行かれ、一茶記念館の旅の途中で迪子さんが倒れられるという思いがけぬ出来事に遭遇された。楽しいはずの旅は一転、その日から今日までのご辛苦は想像にあまりある。

しかし、快癒への奮闘ぶりには目を瞠るものがある。まだ筆を持てない迪子さんではあるが、さすが今までに培った俳句魂と頑張り屋の精神力により、療養されて四年経た今は、句集『ひなたぼこ』出版を夫君とともに何よりの楽しみにしておられるとのことである。言わずもがな、夫・茂氏の献身的な愛の看取りと、その夫婦愛によってこの句集は誕生した。

ジーンズの親子寄り合ひ春休み
登り詰め天へ開きし桜の道
誘ひ出し杖つく母と青き踏む
ふらここの影がのびたりちぢんだり
家中を蟬籠とせり二年生
金婚の我が家虹の輪の内に
秋うらら心ゆくまでホルン聴く
星月夜影絵のきつね受け答へ
百歳の母より手紙文化の日
ひなたぼこ母を丸ごと受け入れる
病床の耳冴えわたる十三夜

取り留めし命再び冬至粥

句集の特徴としては、国内・海外を問わず旅の句が多く収録されているが、長寿の母堂への思いの籠もった温かな句も多く、子供さんの成長や趣味の音楽など、まずはこうした身辺俳句に、豊かで微笑ましい家庭の様子を窺うことができる。

旅行俳句で怖れるのは、それが観光記録に留まってしまうかということである。観光記録を超えてその地の特徴や歴史の他、もろもろの素材をいかに感動を通して消化できるかということが重要である。そんなことは一にも二にも承知の我々ながら、簡単にはできるものではない。それには日頃の努力や訓練、心の糧がものを言うのである。

迪子さんは具象的に物を見、自然と自分との心の交流を深めるという句作りを身につけてこられた。

花の昼動物園に万霊塔

富士登山一岩一岩踏みしめる

源流の闇に水音天の川

尻に敷く競馬新聞青嵐

巣作りの藁を抜かれし四足門

秋灯し指揮棒真横にピアニッシモ

魚ヽ棚蝦蛄全身で裏返り

春昼や瞑想しつつ眠り込む

スケールの大きなもの、些事なものを含め、ものの核心に迫るものがあり、ユーモアもあって内容が豊かである。

海外の国々への旅も御一緒し愉しい思い出も多いが、私の知る地か否かを問わずいずれも印象が鮮明で、まるで見えるようによく判る。

昼ちちろ纏足靴の絹光る

御仏へ囀りやまず莫高窟

ともに季語がよく関わっていて動かない。季語が溶け込むと雰囲気まで生き生きと察知することができる。

街角にカフカの気配秋の翳

プラハ生まれの表現主義文学の先駆者、あの「変身」という小説の著者の存在が、街角の秋の翳によって不思議にも感じられて妙。

フランス紙の三角包み焼マロン
飾り窓の女パン食む稲光
冬ざるるセーヌの白き船溜まり

「三角包み」「飾り窓」「白き船溜まり」などの、その〝らしさ〟が濃厚な印象として残る。

ほか、ハワイなども御夫婦とともに「七曜」のグループで旅し、レイ作りなどした日々が実に懐かしい。

囀りの耳に入らずレイ作る

まだまだ次々と綴りたく後ろ髪引かれる思いであるが、この辺りで。迪子さんの益々の御快癒とこれからの作風を楽しみにしながら、句集『ひなたぼこ』の御祝いの言葉といたします。

平成二十七年九月

橋本美代子

句集　ひなたぼこ＊目次

装丁　笠井亞子

句集　ひなたぼこ

春

風柔し総身ふるふ桜草

春昼や瞑想しつつ眠り込む

春の宵背筋もリズム老指揮者

ジーンズの親子寄り合ひ春休み

愛猫の死に花吹雪花吹雪

愛猫の忌日巡り来糸桜

鶯や在りし日の師の声聞こゆ
登り詰め天へ開きし桜の道

啓蟄や顔出す蛙虚ろな眼

神の庭箒目崩す雀の子

一歳児母の手離れ花の下

一歳児の歩調に合はせ花の道

花吹雪の一片が来る京料理

拝殿に拒むものなし花吹雪

嵯峨念仏釈迦は女と肩を組み

嵯峨念仏仮面はみ出す赤ら顔

軒軒に燕の巣あり鋳物師町

壬生狂言街の騒音蚊帳の外

比良八荒藁屋根厚き四足門

湖守る百戸の里の涅槃西風

靄曇り反日デモのメール飛ぶ

大雁塔に玄奘の見し初燕

塗《ず》香《こう》して背筋を正す涅槃僧

涅槃通夜狐狸に湯気立つ一斗釜

涅槃非時百の朱椀に湯気立てて

滅罪寺誰もつまない土筆摘む

誘ひ出し杖つく母と青き踏む

ぼた山の摘む人の無き蕗の薹

鼻筋に公家の面影有識雛

木屋町の鴉崩せり花筏

ハワイ　三句

囀りの耳に入らずレイ作る

青葉潮真つ逆さまに鯨の尾

夕虹や錆曝す艦真珠湾

ハワイ

ホノルル空港にて

迪子・川北編集長・美代子主宰

花の昼動物園に万霊塔

下萌えを蹴つて障碍調教馬

着地して春泥被る女性騎手

春一番厩舎を足掻く優勝馬

末黒野の煙一筋不意に立つ

風光る合格通知飛び込んで

地中海の匂ひルッコラの種袋

水温む河馬の背な掻く飼育員

芦焼の灰被りつつ太公望
ふらここの影がのびたりちぢんだり

初蛙背なの萌黄の浅かりき

ショートカット春眠の間に出来上がる

巣作りの藁を抜かれし四足門

みちのくへ一筆添へて花菜漬

憂き事を皆忘れたし山焼く日

末黒野に出奔したる土竜穴

夏

台所の床拭いてみる梅雨最中

兜煮の添へ匂ひ立つ新牛蒡

祭り果つ塗下駄二つ土間の端

夏座敷女将は髪を巻き上げて

胡瓜もみリズムも刻む古女房

富士登山一岩一岩踏みしめる

夏野菜山盛りこれがイタリア風

漁船団朝焼け衝いて出港す

横並びサーファーの待つ土用波

重湯から七分粥へと浴衣の母

車椅子母と分けあふアイスクリーム

車椅子同士の握手夏帽子

民宿の裏庭いっぱい夏野菜

魯山人を模しがんもどき新牛蒡

五月雨るる手持ち無沙汰の乗換駅

夕闇の蝦蟇の一声禅の寺

瓶に透く漢方店の干し蝮蛇

大阪の煮詰まる如し大西日

闇を分け心を分ける初蛍

明石蛸同類を越えトロ箱越え

魚ン棚蝦蛄全身で裏返り

二千俵入る倉庫に武者飾る

大百足虫足萎えの母奮ひ立つ

ロンドン

白夜なりエリザベス女王馬車で現る

日の盛り鞄を抱へ薫逝く

対峙してくちなは遁げる薫の忌

バナナ巻葉如意棒のごと伸び上がる

雲の峰サッカー部員足洗ふ

オランダ　六句

飾り窓の女パン食む稲光

加速せる国際列車青大地

黒運河舫ふ浮巣に鷭孵る

行間詰むアンネの日記聖五月

リラの花アンネの部屋に朝の鐘
マロニエ咲くアンネの部屋のそのままに

斜陽館塗膳拭きこむ桜桃忌

金木

新緑の橅の濃淡橅の空

シルクロードの旅　十七句

御仏へ囀りやまず莫高窟

長安の広き坊条風光る

シルクロードの旅

交河故城

トルファン（火焔山）

秦始皇帝兵馬俑博物館

ウルムチ

風光る眠り覚まし兵馬俑

青嵐シルクロードの出発点

旱星故城の栗鼠の走りをり

大夕焼駱駝影引くゴビ砂漠

大夕焼包《パオ》の煙の立ち上がる

夫婦なる木乃伊瞑目蝶の昼

月牙泉

砂の山織り成す底の泉輝る

鳴《めい》沙《さ》山《ざん》満月ひとつ許さるる

オアシスの露天賑はふ葦の角

南壁を削ぎ落としたり蛾眉の月

ムササビの飛び出す深山月の光

石橋《盧溝橋》の戦車の轍夕焼雲

燧火台掠め交叉の夏燕

長城へ背を押し上ぐる青嵐

昼ちちろ纏足靴の絹光る

家中を蟬籠とせり二年生

大夕立一時街の人見えず

鯉育つ戸毎引き込む岨清水

朝市の山独活赤き肌晒す

一門の揃ひの浴衣総稽古

雲の峰少年初の一人旅

鉾を組む女人一切触れさせず

鉾綱の朝の手触り試し引き

日の盛り隅から隅へ象歩く

洗濯機並ぶ律院更衣

青嵐棚田めぐらす電気柵

深吉野の空に山繭ぶうらぶら

天平の白蓮湛ふ鑑真忌

山蟻に足を咬まれて一茶堂

源流を引き入れ山女養魚場

尻に敷く競馬新聞青嵐

直線を追ひ上ぐ駿馬雲の峰

サラブレッドの躍る肉叢風薫る

真つ白な大輪の花夏帽子

大粒の紫紺の雨滴花菖蒲

祭了ふ梁に赤熊の冷泉家

濁流を怯まず川鵜首を出す

金婚の我が家虹の輪の内に

雨蛙口火切るもの続くもの

掘り上げし筍ねつとり土をつけ

朝焼けに一家黙黙筍掘る

筍の尻を並べて量り売り

夕凪や埠頭の端に鯉幟

薔薇を抱き「なんとなく来た」と卒寿の母

夏鶯母の聴覚震はせよ

卒寿の母へ百万本の薔薇捧ぐ

遊船の棹さす男ピアス輝る

釣竿に抗《あらが》ひ鮎の踊り出る

ぶんぶんの旋回続く無縁墓

山荘の火蛾妙なるも混ざりゐて

白山に対ふ山荘青胡桃

叡山の稜線焦がす大夕焼

叱られし少年の眼に夕焼雲

夕焼に突当るまで五能線

花街の夕顔蕾解きはじむ

空つぽのでで虫拾ふ男の児

秋

秋灯し指揮棒真横にピアニッシモ

実南天一粒一粒雫付き

祖国向く露兵の墓に秋の風

秋惜しむ明治の母と道後の湯

秋うらら心ゆくまでホルン聴く

「七曜」に薫は在す秋の風

霧湧きて磨かる原酒大山崎

磯菊や釣人無口島の裏

オーストラリア　二句

星明りユーカリ深くコアラ棲む

豪州の大きな土星後の月

仕舞湯や虫を相手に独り言

吾亦紅一枝挿せば壺に溢れ

天高し俄かホストの学園祭

秋の日へ母をつれ出す植物園

家事解かれ混声合唱秋の夜

竹の春撓ひ合ふ音軋む音

秋暑し湖族の里の窄き道

秋霖のウィーンの街に学生デモ

街角にカフカの気配秋の翳
今日の月「わらっているよ」と二歳の児

マロニエの実共に拾ひし友病める

織田作の好みしカレー夜学の子

流灯の一つ燃えつき闇深む
星月夜影絵のきつね受け答へ

秋落暉人工衛星燃えつきて
ざぶざぶと間引き菜洗ふ湧水路

鈴虫の昂る夜をもてあます
月の夜に鈴虫卵残しをり

古寺の山門にゐる青蟷螂

忘却の母に添ひ寝の月明り

離陸機の前に後ろに月を見る

近近と鴉が屯《たむろ》鮭のぼる

悲鳴上ぐ鮭を巻き上ぐコンベアー

命果つ雌鮭の尾鰭白白と

新涼のオリオン真上大宮址

芭蕉葉が頬をなぶれり翁の忌

病室へ一陣の風金木犀

病床の耳冴えわたる十三夜

脱安静胸いつぱいに鰯雲

病みし眼の薄皮剝ぐや黄鶺鴒

源流の蒼より生れし鬼やんま

夜光杯に活けし真白の鳥兜

僧院のピエタの像に秋の光

僧院のカリヨンわたる葡萄棚

放生会泥鰌フラッシュ浴びてをり

天翔る鳩の旋回放生会

一輛車音の凸凹花野行く

百歳の母より手紙文化の日

ひよんの笛また息洩れる音のして
かなかなに耳を澄ませり水仕事

大山・「七曜」秋の鍛錬吟行

牛蛙満月崩る水鏡

唐崎の松に進入曼珠沙華

鷹探しをる眼前を草の絮

観測者岩に総立ち鷹柱

源流の闇に水音天の川

冬瓜切る白き諸肌憚らず

杉丸太の卓を囲みし紅葉山荘

啄木鳥の試し打つ音白樺林

朝霧の北信五岳一茶の楯

アメリカ・アーモスト大学宿舎　三句

霧大地あれよあれよと貨車百輛

競技場ベールの如き霧の降る

梟鳴く教授の宿舎赤煉瓦

冬・新年

気紛れに草引けば早土筆生ふ

ペルシャ猫炬燵を占めて病みゐたり

女主人埋火掻いて持てなせる

鍋囲む箸交はれる忘年会

ＪＲ最高地点の駅舎凍て

事始め三十年悪妻貫きて

イタリア　三句

冬薔薇大理石踏みミラノ駅

皮手袋指しなやかにイタリア製

ベニスの餉焼魚得て初笑ひ

透け透けに鳥の巣一つ冬木立

ひなたぼこ母を丸ごと受け入れる

日短し母の正気の日の輝き

寒灯下病母の命蘇る

春隣りグーの掌開く新生児

小春日の机上横切る家の蜘蛛

「第九」歌ふ歓喜のホール冬薔薇

ダイヤモンドダスト柩の母招く

それぞれにプラハのみやげ冬帽子

中庭に寒の水湧く酒工房

寒造濾し布干せる庭清し

音たてて寒水流る地酒の里

幼児が母のマスクを払ひのけ

寒星に手が届くなり観覧車

賀状書く墨の香展ぐ母の部屋

淑気満つ修復終へし冷泉家

冷泉家耳《じ》門《もん》を辞する年賀客

冷泉家美しき言葉の年賀客

木枯やベンチの下に猫屯

遡上する魚影の多き小春の日

毛糸編む窓辺に栗鼠の見え隠れ

冬銀河統べる一湾篊《ひび》の柵

雪崖の濃きシルエット蝦夷の鹿

雪の原不意に始まる鶴の舞

鶴《かく》唳《れい》や天を仰ぎて翼拡ぐ

猟解禁蒼きナイフを更に研ぐ
乾ききる猪はらわたの既に無し

氷柱落つ声なき声の直指庵

境内の空蟬混ざる落ち葉焚き

フランス　八句

六ッの花シベリア上空確かむる

冬ざるるセーヌの白き船溜まり

寒昴モナリザの眼の行くところ

木枯がピアスの穴を窺ひし

リズムとる師の声冴ゆるトウシューズ

フランス紙の三角包み焼マロン

冬薔薇ハンサムボーイ給仕せる

裘《かわごろも》無造作に置きエスカルゴ

フランス

クリスマスイブのシャンゼリゼ通り

エッフェル塔

パリを散策

十二月皆振り向かせ赤子泣く

落葉期百万本の風の渦

寒柝の児等見つけたりオリオン座

寒禽の姿間近に去来墓

寒禽の塒となれり村社

冬の蜘蛛母の不在を知つてをり

黒髪に鋏を入れし初鏡

枯蓮ブラックバスの踊り出る

取り留めし命再び冬至粥

残照の底に綿虫相寄りて

低音よりはじ始むホルンの初稽古

空を切る隼羽音残しをり

ドイツ　四句

鷹渡る「ベルリンの壁」残されて

壁残る分断の村強時雨

村村の丘に尖塔雁渡る

冬うららゲーテの馬車の金モール

ドイツ

チェックポイント・チャーリー

バッハ像

二条城　四句

二条城の鴉遠巻き初放鷹

目隠しを外され鷹の飛ぶ構へ

鷹放つ空中の擬餌鷲摑み

鷹匠の鷹呼びもどす餌合子《えごし》の音

独楽作る夫満面の笑みの中

十センチの霜柱薙ぐ一茶の忌

村挙げて茹でる新蕎麦一茶の忌

一瞬の暗闇北山時雨来る

春近し二歳児答ふ鸚鵡返し

白菜を丸ごと与ふ大禽舎

置炬燵酒を少少坊泊り

真《しん》別《べつ》処《しょ》深山にかかる寒の月

宇陀紙に吾の名記せり国栖の奏

深吉野の天日賜る紙干場

長城の我は豆粒小春の日

あとがき

橋本美代子先生の序文にあるように、著者の高井迪子は平成二十三年の小林一茶忌全国俳句大会に出席した帰り、野尻湖畔の民宿で脳出血で倒れました。緊急手術で命は取り留めましたが、右半身不随、言語障害が残り、要介護五という判定で現在も療養中です。

空蟬ののぼりつめたる一茶句碑

この句は平成二十二年の小林一茶忌全国俳句大会で、投句箱の特選句として表彰された俳句です。これが御縁で翌年も参加させて頂いたのでした。

迪子は俳句を志して俳句が好きで好きで、夜遅くまで俳句の本を読んだり自分の句を何回も作り直したりしていましたが、句会での結果は惨憺たるものという事がままあり、落胆の様子は見ていられないこともありました。しかし、俳句にかける情熱の迸りで国内外よく旅をしました。

秋灯し指揮棒真横にピアニッシモ

「七曜」入会後、まだ浅い頃に堀内薫先生から特選を頂いたものです。

春昼や瞑想しつつ眠り込む

初めての橋本美代子先生からの特選句です。

ひなたぼこ母を丸ごと受け入れる

大阪句会での特選句です。

朝市の山独活赤き肌晒す

馬籠妻籠鍛錬句会での特選句です。

鯉育つ戸毎引き込む岨清水

相原選者の特選句です。

金婚の我が家虹の輪の内に

群青抄・神野紗希選の句です。

旅好きの友人の誘いで国内のあちこちはもちろん、海外も、アメリカ・イギリス・オーストラリア・ドイツ・フランス・オーストリア・チェコ・ハンガリー・オランダ・ベルギー・中国・韓国等、結構いろいろな国に旅しています。その都度多くの句材を拾っては、苦心惨憺しての句作りです。長野県の白馬には句友の御世話で、森都々路さんの車でよく行きました。

そんな健康そのものの迪子でしたが、現在は二度と俳句を作ることは出来ないであろうと思われる状況です。けれども、迪子は迪子なりに全力で俳句に取り組んでいたし、思い残すことはあまりないでしょう。

この『ひなたぼこ』は、俳誌「七曜」に掲載された迪子の俳句から厳選した句集です。迪子が一生懸命に作った俳句ばかりです。どうぞ最後まで読み通してください、そして迪子を思い出してください。旅先での写真を少々掲載しましたが、句友から拝借した写真も勝手に使わせて頂いたことをお詫びします。

迪子をここまで育ててくださった橋本美代子先生・句友の方々、本当に御世話になりました。今後は時々迪子を見舞ってやってください。また、この本の出版に関してお世話になった「文學の森」の編集部の皆さんにも感謝します。

平成二十七年十月

高井　茂

著者略歴

高井迪子（たかい・みちこ）

昭和14年4月30日生れ
奈良教育大学付属中学校・奈良高等学校卒業

昭和37年茂と結婚、港区泉岳寺裏のアパートに住む。長女久実が出来たのを機会に井の頭線久我山へ移転、東京オリンピックの年に茅ヶ崎の新しい公団住宅へ移転、団地族に。41年名古屋の緑が丘公団住宅、42年大阪の千里青山台公団住宅に移転、51年現在の長岡京市に両親と共に住居し現在に至る。

◇

平成の初めから親戚の紹介で吹田の千里山句会に入会、石場あさ子さんのご指導を受け、朝日カルチャーにも参加し、堀内薫先生、橋本美代子先生にご指導を受けました。平成6年俳誌「七曜」に入会、両先生の一層厳しい指導を受け、以降、23年まで熱烈な俳句人生を送ります。
「七曜」同人で、奈良句会などの世話を熱心にしていました。母親思いで、実母や義理の母を隔てなく優しく包んでくれました。会社人間の私を、文句はいろいろ言いながらもよく支えてくれ、俳句の大好きな家内です。

連絡先　〒617-0824
京都府長岡京市天神4-13-21　　高井　茂

句集　ひなたぼこ

発　行　平成二十七年十一月二十二日
著　者　高井迪子
発行者　大山基利
発行所　株式会社　文學の森
〒一六九-〇〇七五
東京都新宿区高田馬場二-一-二　田島ビル八階
tel 03-5292-9188　fax 03-5292-9199
e-mail　mori@bungak.com
ホームページ　http://www.bungak.com
印刷・製本　竹田　登

ISBN978-4-86438-500-8　C0092